우리 시대 현대시조 100인선 70

오래된 비밀

전병희

태학사

우리 시대 현대시조 100인선 70

오래된 비밀

초판 인쇄 2004년 9월 11일 • 초판 발행 2004년 9월 13일 • 지은이
전병희 • 펴낸이 지현구 • 펴낸곳 태학사 • 주소 서울시 서초구 서초
2동 1357-42 • 전화 (02) 584-1740 (代) • 팩스 (02) 584-1730 • e-mail
thaehak4@chollian.net • http://www.thaehak4.com • 등록 제22-1455호

ISBN   89-7626-886-5   04810 • ISBN   89-7626-507-6   (세트)

신춘문예 시상식장에서 (왼쪽부터 이상범, 필자, 이태극 선생님과 함께)(1987)

열린시조 편집회의를 마치고 제주에서 (1999)

◀ 그리운 나의
아버지

▼ 가족과 함께

차례

제2부 그리운 나의 아버지

제4부 괜찮아 비

제5부 도적

제1부 눈

오래된 비밀

남도행 완행열차
가다 쉬다 닿으리

산까치 두어 마리
댓잎 물고 나는 그곳

바람이 경을 읽는 곳

경을 읽다 잠드는 곳.

아무도 모르는 애인

박살난 유리병 위
눈부신 햇살들과

빼앗긴 기억처럼
멍청히 선 가로등과

언덕엔 루우즈를 바른
꽃나무와 또 수평(水平)과……

그 소녀

그날도 하루종일
괜한 눈만 내렸었다

무성영화 속으로
무너지는 종소리

지금껏 건네지 못한

눈에 갇힌
목소리……

가을 비 기억

품에는 우산 두 개, 쪼그려 담배 피던

웬 할머니 혼자 마냥 앉아 기다린다

변두리 초등학교 앞 은행잎들 다 지는데……

꼬마 단풍나무

무슨 부끄런 일인지 빠알갛게 낯붉힌다

꼭 고만한 딸애가 호옥 있다면

말랑한 고 손 꼬옥 잡고 이 한낮을 걷고 싶다.

움직이는 선

걸어 뒀던 액자 속에
봄은 먼저 들어앉아

라일락 향이 커피를
손에 들다 놓게 하고

지상과 천상을 연결한
그 선에 나를 묶는다.

작은 경이(驚異)

수박내 나는 소나기
아파트를 씻고 갔다

어느 날 목숨의 끝
아이들 자전거 소리,

말갛게
낮잠에서 깨어나
가부좌한 돌멩이 하나.

이 어둠 속에는

겨울비
단풍잎
오그라붙은
바스러진
불빛
국화송이
옆집 개
낑낑대는
하수구
철망을 잡고
밥알들
팅팅 불은

채광

서랍 속 돋보기로
은단알을 굴리다가

조그만 점 속으로
빨려들고 있었다

빠지지 무일푼 詩가
먼 시간의 알을 까고.

점 속으로 점 점
점 밖으로 저엄 점

나 무 관 세 음 보 살
나무, 관세음보살

산수유 팝콘처럼 터지고
뺑이요 세상이 터지고.

주문으로 오는 봄

쿡쿡 등어리엔 신경통이 도지고,

봄은 고양이로다
봄은 고약이로다
봄은 고쟁이로다
봄은 고장이로다
봄은 고자이로다
봄은 고민이로다
봄은 고름이로다
고로 지랄이로다

진종일 쥐떼가 달리는
뇌 속에는
쥐틀을 놓자.

은밀히 청진기를 대고
여린 잎을 듣고 있는,

봄은 최면이로다
봄은 치매이로다

저기 저 가사 상태의 목련
안락사를 시키자.

만산홍엽

가을은 핑계처럼 쿵- 소리로 오는 건가?

베란다에 까치 한 마리 죽겠다고 야단법석

한참을 징징 울더니
만산홍엽 다 흔들어.

오늘은 아침 일찍 그녀석이 와 따지는데……

네가 한눈을 팔았지 내 잘못은 아니다만

뻐끗한 이 허리의 테러는
네 짓인 것 같구나.

봄의 일·1

누가 부시럭대며 라면을 끓이나 보다

냉장고에 넣어 둔 우유는 벌써 상했고

춤추는 시계의 스텝도 자꾸 엉키고 있다.

기대 선 저 거울이 아무래도 수상하다

혼자 종이를 접다 심심해진 기인 봄날

안경의 볼트를 조이다

손을 찌르고 말았다.

봄의 일·2

바지에 손을 넣고 자주 동전을 만진다
동전이 없을 땐 괜히 불안해진다
사는 일 혼자 답답할 땐 시도 마냥 답답하다.

한 다발 고지서 같은 이 햇살의 넝마에는
동전 만한 구멍들이 숭숭 뚫려 있나 보다
오늘도 내가 나를 버린 그 외롭고 시시한.

이런 환한 대낮은 어쩐지 어색하다
아무래도 맞지 않은 세일에 산 새 구두
이 봄엔 외면하고 싶은 일이
너무 많아 부끄럽다.

세우·2

땅바닥에 나지막이
나지막이 엎디었다

너의 목소리를 듣기 위해
너의 깊이에 들어가기 위해
너의 아픔에 묻히기 위해
기다리는 법을 배우기 위해
불쑥불쑥 옆구리로 질러 나오는 이 괴물을
잠재우기 위해
밑바닥에서 밑바닥까지 끝없이
내려가기 위해
무거운 납덩이로
잠들기 위해

이 한낮
무르팍이 까지도록
기어가고 있었다.

세우 · 3

1
이상한 일이었다 '그날 이후'

빌딩들은 일제히 아가미를 벌린 채 검붉은 피를 피를
토하고 어깨를 들썩이고 서서히 페스트처럼 온 도시로 번
져가고 있었다. 그 무엇이, 분명히 그 무엇이,

아무도 눈치채지 못하는 사이 오고 오고 있었다.

2
열차는 몸을 비틀며 비틀며
도시를 빠져나가고

관을 메고 걸어가는
가로수
침묵의 행진,

도시는 거대한 磁場에 말려
모든 時計가 섰다고 한다.

가을 배경 · 1

백색 회벽 숨소리
마당엔 아무도 없다

마른빨래 한 장
수상한 고추잠자리

담 너머 미친 대추나무는
자꾸 부시럭대고……

졸고 있는 빈 지게
삽짝문은 열려 있고

그 잠깐 이승 꿈에
막차도 떠났는데

어느새 은행나무를 메고
큰 들판이 가고 있다.

가을 배경 · 2

헛것이 아니리라 이제야 보았을 뿐
행간을 찾아와 팔랑대던 노랑나비
아뿔싸, 은행잎 속으로 빨려들고 말았다.

그 나비 궁금하여 기웃대는 잠깐 사이
하르르 소리 없이 내려앉는 하늘 숲
빛의 끈 맞닿아 끊어진 흰 시간이 날아갔다.

낮은 시간에

스탠드 불빛 아래
희미한 그림자는

빼앗긴 어둠 혹은
빼앗기지 않는 어둠,

아직도 회랑 저편에서
누가 자꾸 기웃대고.

눈발이 고요 속에
설탕처럼 녹아 들 듯

지상의 그리움도
놓아주면 갈 것인가

쥐었던 두 손을 펴고
먼데 별을 듣는다.

그리움에 대하여

오직 멈추기 위해 강물은 흘러가고
결국 잠들기 위해 꽃들은 깨어나
지상의 외로운 공간을 뒤척이며 떠나니.

내일은 신들의 개념, 그 바깥에 너는 있어
네가 날 기억함은 허구일지 모르고
널 향한 그리움이란 것도 픽션일지 모르지.

지금 그곳에도 자줏빛 하늘이 보이느냐
이런 우라질 저녁 겨울새가 날아간 곳
우주의 항문이 닫히고 똥별 하나 곧 지겠지.

눈

아무리 힘들어도 눈은 나리고
낮은 음성으로 괜찮다 괜찮다
깊숙이 내장을 적시며 뜨거운 눈은 나리고.

사는 일 덕지덕지 기워 가는 어둠인데
바닥 없는 공간으로 촛불처럼 깜박이며
자꾸만 되뇌이는 소리 참아라 더 참아라.

저승의 거울

책상 위엔 뒤적이던
서류와 재떨이가 있고

치욕과 몸부림과
질펀이는 시간이 있고

거대한 허공이 있고
추락하는 구름이 있고.

끝내 마무리 못한
한 줄 시 죽음이 있고

날 보는 어쩔 수 없는
눈빛의 무덤이 있고

저물 녘 새들의 슬픈
지저귐도 마구 있다.

부재에 대하여

가만히 쥐어 본다
투명한 얼음 한 알

가늘게 꿈틀대며
잠시 항거했을 뿐

어느새 체온에 녹아
중심을 떨게 했다.

결국 손금을 적신
작고 아린 이런 부재

조용한 존재의 이동
누가 받을 것인가

때묻은 이 손도 잡아 줄
신의 호령을 듣는다.

먼지 하나

먼지 하나가 여행을 하고 있다
작살 같은 햇살 타고 올라갔다 내려왔다
거울 속 잠에서 깨어 난
쥐라기의 어느 봄날.

신문에서 보았던 경이로운 그것이다
잠자리 두 마리가 짝을 지어 떠오르는
미르와 디스커버리호
우주에서의 그 교감.

쿵쾅쿵쾅 핏줄들이 신기하게 뛰고 있다
서걱이는 가위 소리 잘라 낸 공간의 허파
태아의 숨소리를 듣는 듯
먼지 하나
서 있다.

미라

지금쯤 그 청년은 혹시 듣고 있을까

마녀의 주문에 걸려 유리곽 속 잠든 그

밤마다 파도는 기슭을 치며
일어나라
깨어나라.

가는 길에

저승길 가는 길에 주막 한 채 있다는데
그 술잔 들이키면 이승 인연 끝이라는데
살가운 푸른 별 하나 징표처럼 뜬다는데.

주막엔 수더분한 주모도 있을라나
걸쭉한 육담 한 줄 흥 없이 받아 줄라나
그 술잔 차마 놓아도 빈 방 하나 내 줄라나.

분리

낮은 구름의 사색
달려오는 사람의 집
똬리 푸는 고속도로
들썩이는 산과 들
기립한 묘비와 죄명
잔인했던 시간의 늪.

빠끔한 뙤창으로
뚝뚝 지는 별과 달
박쥐처럼 퍼덕이는
한 떼의 식은 태양
시간이 멈춘 하늘엔
쏟아지는 화살 비.

내가 있어야만 되는
내가 없어도 되는
세상과 세상의
모순에서 벗어나

서서히 제트 음에 실려
분리되는
너였던 나!

거미經

가령, 어떤 공간의
가령, 어떤 무엇의
웅크렸던 한 점
가령, 어떤 이유의
사라진 어떤 형용사
먼 시간의 상형문자.

몸부림 친, 그러나
송진 속에 갇혀버린
그날 아침, 아니
수천 만년의 아침
한 줄 시 가까스로 가령
내가 나를 놓은 후?

제2부 그리운 나의 아버지

別·1

한순간 비가 멎고

하늘이 갈라졌다

마지막

절을 했다

나비가 찾아 왔다

어머니 손바닥에 머물다

슬프게

사 라 졌 다.

別 · 2

덜컹

문이 열리고

그는 들어갔다

잘 가라

불의 나라로

그게

그게 이별이었다

세상은 아뜩한 눈보라

산을 지우고 있었다.

別 · 3

이윽고 사람들이 모여 불을 지르고 있었다

젖은 꽃들을 태우고 옷가지를 태우고 비를 태우고 우
리 형제의 눈물과 원통한 지난날들과 그 너덜거리는 넝
마마저 송두리째 태워버린 불길 속을 안타깝게 춤추던
하얀 나비는 보이지 않는 어디론가 이동하고 말았다. 영
영(永永)……

누이는 소나무 아래에서 오들오들 떨고 있었다.

그리운 나의 아버지

버스 창에 기대어
봄 거리를 내다본다

끝없이 흐르는 눈물
분수대 옆을 지나

만장의 꽃상여 한 채
남대문이 가고 있다.

이제야 소용없이
햇살이 참 따시다

그날이 있었던가
그날은 있었겠지

아무리 다짐을 해도
봄이 너무 무겁다.

성묘를 마치고

사위는 잿불처럼
실룩이는 매미 소리

최면 걸린 포플러가
걸어 나간 하늘 저편

산들은 화두를 이고
지친 몸을 뒤척이고.

그냥 아무 말 없이
참았다 가려는데

아뜩한 현기증으로
반짝이는 잠자리 떼,

그런데 이 무서운 가을날
아버진 어디 계실까……

옛날은

봄비, 촉촉한 밤
괜히 등불이 젖어

당신의 마을 입구
징 소리 한 채 떠나네

허공의 허공을 사르며
재는 그 재를
태우네.

당신이 뭐라시면
그래도 혹 뭐-라-시-면-

지는 괜찮지예
인자는 그렇지예

그리움 훠이훠이 부르며
목련 한 채
오르네.

동행 · 1

아이의 손을 잡고
아파트를 걸어 나와

저만치 보내 놓고
부신 생각에 돌아보면

아이는 손을 흔들며
봄 속으로 뛰어가고.

하숙비 건네주신
소공동 그 다방 앞

"아부진 인자 간데이"
흩어지던 가을 햇살……

당신의 뒷모습 닮아
벌써 이만큼 왔습니다.

꽃밭에서 · 2

산 것은 모두 죽고 죽은 것은 살아나
이제부터 다시 한 번 세상을 산다 치면
지극히 아름다울 것인가
지극히 끔찍할 것인가.
궂은 비 도시에서 하늘로 올라가고
지나간 시간들이 선명히 보여진다면
지극히 그리울 것인가
지극히 외로울 것인가.
아버지 처남 매제 이제 모두 돌아와
서로 걱정 나누면서 이 밤 지새운다면
지극히 기쁠 것인가
지극히 슬플 것인가.

─수은등이 토해 내는 비릿한 빗줄기는
천국의 꽃밭을 꿈결처럼 떠올리다
희미한 가루가 되어 어둠 뒤로 사라졌다.

아이러니

허블망원경이 블랙홀을 찍었군요
그곳이 상상은 아닌 실존의 세계라면

우리가 사는 이곳도 허구는 아니겠군요.

유산

밤마다 시계 소리가 점점 크게 들리고
쓸데없이 벽들의 삐걱임이 들리고
당신이 들었던 소리가 자꾸 크게 들리고.

그날 왜 혼자서 일어나 계셨는지
당신의 빈 지갑에 꼬깃하던 주택복권
때늦은 뉘우침이 주는 유산으로 품습니다.

그의 귀환

그가 왔다 꼭 한 번 그렇게도 보고 싶던
진눈깨비 오락가락 쿨럭이는 가로등
서늘한 책상과 수첩 빈 서랍을 뒤적일 때.

돌아오지 못하는 우주선이 있다면
혼자서 과연 그것을 탈 수 있겠냐 던
그가 막 우주선을 몰고 지붕에 와 웃고 있다.

늘어진 전깃줄 끝 독감을 앓고 있던
건너편 노래방의 선명한 네온 불이
마침내 교신에 성공한 듯 자취 없이 사라진 후.

제3부 꿈꾸는 황사

꿈꾸는 황사(黃砂)

고대 어느 지층 사이
우린 아직 남아 있다

차단된 하늘과 땅
화석이 된 소문과 분수(噴水)

숨가쁜 전화벨 소리가
가래처럼 끓었다.

가로등은 웅크린 채
음모를 시작했다

비밀경찰처럼
서성이는 자동차들

희미한 정신을 가누어
안테나를 올린다.

홍해편지 · 2

　　오늘도 바다는, 접시 위에 떠 있었다. 눈을 비비면 대
소쿠리에 갓 건져 올린 상추처럼 너울대고 더러는 떼비
둘기 울음을 울기도 했다.

　　여린 물감으로 그린 하늘에는 지금도 책가방을 맨 아
이들이 걸어가고 학교 앞 아저씨의 자전거 위엔 솜사탕
이 요술처럼 휘감기고 파란색 분홍색 아이들의 목소리
도 아저씨의 손에서 금새금새 휘감기고 솜사탕에 햇살
이 감기고 웃음이 감기고 학교 앞 골목길도 감기고 엄
마 얼굴이 감기고 나팔꽃 덩굴손도 죄다 죄다 감기고.

　　그러다 심심해지면 바다는
누에처럼 잠들곤 했다.

모래바람 · 2

도망친 하늘의
아, 기진한 목소리

태양은 흘러내리고
돌이 타는 무덤 위에

공간이 시간과 한자리에
무너지고 있었다.

시방 이 바람 속엔
무수한 무엇이 있고

절망과 죽음 끝엔
또 무엇이 묻어나

이토록 마주 서야만 하는
그 이유도 살고 있나.

모래바람 · 7

뜨거운 콜라 병이 우우 울고 있었다
양가죽과 해골이 타는 모래에 누웠고
돌산이 홀연히 사라지고 처형된 하늘이 보였다.

무덤 속에 혼자, 혼자 누워 있었다
고요와 원시의 늪을 피워 올리며
태양이 연주하는 노래 신비한 소리도 들었다.

아픈 시간은 가고 미래의 시간도 떠났다
지상의 바람들도 하나씩 분해된 후
마지막 전파를 타고 어디론가 사라졌다.

최신 전자 병기가 머리를 뚫고 갔다
오줌을 사막에 꽂으며 난 자꾸 무서웠고
커다란 우주의 그림자에 몸을 싣고 말았다.

이상한 꿈

박제된 불빛들이 쇼윈도에 서 있었다

세멘벽이 녹아들고 마구 끓는 하이타이

무장한 게릴라들이 시가지를 정복했다.

갑자기 목이 탔다 카바이드처럼 끓었다

다리가 잘린 채 뒹구는 고양이들

에어컨 쉰 목소리가 허공중에 떠다녔다.

그는 끝내 건너갔어 벽들이 수군댔다

더운 밤이 흩어지고 주저앉듯 새벽이 오고

사지를 찢어발기듯 하루해가 또 터졌다.

사막으로 가는 길

사막으로 가는 길은 어느 쪽인가요
그냥 곧장 가세요 가고 싶은 곳으로
아무도 그댈 모르는 자유로움 쪽으로.

부러진 우산 같은 야자수를 한 번 지나
모래 바람 진군하는 지평을 다시 지나
양치기 베드윈 소녀의 그리움도 지나세요.

실종된 그것들을 만날 수는 있을까요
길 잃은 아이 울음 낯선 골목 같은 것
아 아니, 녹슨 핀 동전 곰보 구슬 같은 것.

낙타는 늘 고갤 들고 어딜 보는 걸까요
자크를 제끼듯이 하늘이 열리는 곳
보세요, 구겨 넣은 빛들이 소리치고 있어요

사막으로 돌아 온 사람

미친 듯 눈발들이 거뭇거뭇 춤추던 밤
합승 택시를 타고 이차(二次)를 갔던가요
그날은 김형 모습이 힘들어만 보입디다.

지금도 소떼처럼 달려야만 되겠지요
가끔씩 낙타 몇 마리 신기루로 걸어가는
막연히 이 사막에 서면 막연해서 좋습니다.

저녁 노을

종일 달아났지만 사막에서 길을 잃었다

폐쇄회로 밖에서 낄낄대는 거대한 눈

우리는 모닥불을 지펴 작은 저녁을 지었다.

라마단

발 디딜 곳 없는
섭씨 천도의 고요와
홍해를 도양중인
메뚜기 떼의 소문과
불붙는 부겐베리아
기도중인 한 국가와.

연극처럼 끝난 전쟁
돌아온 사람들과
조심조심 바다 끝을
기어가는 방파제와
아직도 불타는 유전
식지 않는 바다와.

아디스아바바

아무리 밀쳐 봐도 마냥 고요 속이었다
지척엔 무너지는 그 고요의 늪이었다
반 발짝 헛디딘 아침이 삐딱하게 창을 여는.

수수깡 같은 창을 들고 어디론가 나섰다
꽃 그늘 사정없이 떨어지는 새소리
그대로 옆구리를 찔린 채 포로가 되고 말았다.

우릉우릉 천둥소리 포효처럼 달려왔다
잠든 고원 호수 위엔 알 수 없는 파문이 일고
대륙은 또 깊은 몸부림 밤을 새워 울었다.

폼페이 어느 한낮

정원엔 아무도 없고
분수 혼자 발딱인다

문간방엔 화산재 쓰고
발 오그린 어린 소년

부러진 손가락 끝에는
실핏줄이 피어나고.

시장 거리 한복판엔
어질머리 흰나비들

깨어진 벽화 속의
빵을 굽던 그 소년은

증발된 시간을 건너와
돈을 세며 웃고 있다.

카르툼 '89

장사를 하러 왔다 가방 들고 타이 매고
아직도 굶주림과 헐벗음이 있는 나라
아이의 검고 가는 손 크고 순한 눈동자.

타오르는 황톳길엔 황톳빛 집과 묘비
늙은 저 장님은 어디로 가는 건지
애타게 껴안고 싶은 길을 묻는 나일이여.

제4부 괜찮아 비

어떤 혈액 검사

지하도 계단 위에
떨어진 붉은 꽃잎

손가락에 가만 찍어
입김 불어 주었다

세상엔 미친 눈 퍼붓고

네 피는 너무 춥구나……

고백

수시로 방울뱀 같은 전철이 기어가는
순이네 산동네엔 뽀―얀 황사 기침 소리
둑방엔 넘치는 졸음 담을 길이 없구나.

웅크린 가지마다 다정한 파스텔 가루
마술 같은 그것들이 일으키는 기적은
잃었던 숲의 자리를 두근두근 일러주고.

세탁소 아저씨는 어딜 보고 계시나
부시럭, 마른 꽃다발 죄다 깬 꽃집에도
오 저런 꽃불 났는데 어딜 갔나 아줌마는.

바람은 왜 뒤척이나 후끈한 살 냄새로
창가에 다가와 움찔대는 흰 그림자
무슨 말 주려는 걸까…… 이 고백을 어이 할고.

봄의 목발

지하도 계단 입구
쭈그려 앉아 있던

동상 걸린 그 사내는
이제 거기에 없고

봄날이 절뚝거리며
목발을 짚고 온다.

와장창 엉망진창이
휠체어를 타고 온다

황사 속 목련 한 채
고달픈 빛을 세워

김치(金治)에 말아먹은 갱제
긴 터널을 밝히는 날.

괜찮아 비

우라질 비만
하루 종일 내린다
자작자작 지글지글
우산 위에서 끓고
가끔씩 플라타너스 아래
똥! 똥! 하고 떨어진다.

신문 가판 대엔
똥별 1호가 떠 있고
지나가던 빤츠가
똥물을 퍼부어도
괜찮아! 괜찮아! 하고
미련한 비만 내린다.

변기 위의 시

변기에 걸터앉아
이런 저런 생각타가
펑퍼짐한 똥을 보고
명상에 들어간다
그래도 사는 것처럼
그래도 똥은 나오고……

아무도 보지 못한
이건 분명 내 똥이다
찐하고 고독했던
내 비밀한 흔적이다
오늘도 버틸 수 있었던
똥심은 곧 자존이다.

사초(史草)

북엔 기근이 들고

남엔 문민이 들었다

권리는 비껴 가고

의무는 늘 날아들었다

도시엔 십자가의 무덤

탑은 결국 기울었다

오늘보다 먼저

내일이 떠나갔다

실직한 바람들이

쓰레기를 뒤적이고

개울은 웅덩이가 되고

개비듬만 돋아났다

옥수역 생각

아무도 관심 없는 비만 자꾸 내린다
단절된 기억처럼 화면이 잘린 성수교
음산한 배경 뒤에서 웅크린 채 떨고 있다.

한창 파헤치다 팽개쳐진 중랑천엔
뒹구는 세멘덩이 투덜대는 중장비들
이 빗속 잿빛 왜가리는 무슨 묵도 올리는지.

담배 냄새 풀풀 내며 목줄 세운 사내와 나
무너진 허구의 성 그 지하에 파묻히면
벽돌 밑 빨간 매니큐어 꼬물대던 고 발가락.

머리채를 흔들며 오늘은 또 갈 것인가
슬롯머신 속에서 쏟아지는 복제 인간들
필름을 거꾸로 돌려도 눈치채지 못하는데.

서울 편지

오늘도 긴 하루는 잿빛 하늘이었습니다
양잿물에 담근 듯 서울은 흐늘댔고
강물은 멎은 지 오래 바람마저 없습니다.

무너질 듯 욕망뿐인 빌딩 숲을 빠져 나와
다시 또 긴 대열에 박쥐처럼 매달리면
노동에 지친 불빛만 구겨진 채 안깁니다.

이러다 끝나는 건 아닌가 했습니다
죽어라 기만 쓰다가 이러다 정말
당신은 나를 모르고 나는 그댈 외면하고.

제5부 도적

도적

대웅전 뒤안에는 고요가 끓고 있다
벌떼처럼 잉잉대다 물방울도 보글보글
고요 속 흐늘대는 그늘 훔치러 온 사이에.

좌선한 꼬마 구름 꼬박꼬박 탑이 졸고
동—백—동—백 목탁 소리 움찔대던 동백들도
이제 막 붕대 감은 손가락 조심조심 푸나 보다.

그리움 끝에는 늘 작은 대밭 있었던가
봄햇살 구멍 사이 놓치고 만 지난날에
아뜩한 현기증으로 흩어지는 피라미떼……

섬, 섬

섬들은 처음부터 섬인 줄을 알았을까
조금씩 뭍에서 멀어지던 어느 날에
섬들은 무서움도 벗고 섬인 줄을 알았을까.

무슨 곡절 있을지 다 늙은 이 햇살들
아무리 주섬주섬 한정 없이 뜯어내도
머리칼 올올히 엉기어 잉잉대며 말하는 것.

마지막 빛을 낸 이 하루도 바닥나면
허기진 쇼윈도 술에 취한 저 바다
그래도 어둠 속에서 섬은 섬을 잉태할까.

실내악을 들으며

안경을 벗으니 소리가 더 투명하다
슬픔도 고달픔도 함께 기대 뉘이고
조용히 두 눈을 감으니 소리는 더 촘촘하다.

헝클어진 실타래를 한 올씩 풀고 있다
잠긴 문이 슬쩍 열리고 벽들이 흐물흐물
이렇게 부드러운 울림은 강함보다 위대하다.

깜짝 놀라 깨어나니 나만 혼자 남아 있다
어느새 다가온 바람이 서늘한 현을 켜고
옛날은 그렇게 가고 나는 늘 남겨졌다.

스티로폼 만들기

해묵은 박스 속에 불면은 뒹굴었다
ㄱ. ㄴ. ㄷ. ㄹ. 해체된 언어들과
구겨진 신문지와 희망 우리가 있던 시간들.

종일 창고를 뒤져 팔다리도 맞춰보고
부러진 목뼈 하나 조심스레 세워 주면
슬며시 배꼽을 보이며 삶은 히죽 웃고 있고.

봄은 휘발유이고 빈혈은 행복하다
부글부글 끓으며 번지는 세포분열
꽃가지 터지는 일도 이런 것이 아니겠나.

거울

숨지 않아도 돼요, 아무도 보지 않는걸
말하지 않아도 돼요, 이렇게 마주 있는걸
우리는 다시 운명처럼 서로를 확인하는군요.

오늘 낮 사람들 사이 뒷모습을 보았죠
뭔가 들킨 것처럼 그댄 이내 외면했고
봄햇살 어지러운 건널목을 뛰어가듯 건너갔죠.

어쩌면 삶의 시늉은 이게 아닌지 몰라요
밤은 그냥 어둠 아닌 천의 빛깔이거든요
가만히 들어보세요 우리 따뜻한 숨소리.

낚시 생각

이제, 서울에 와 서울을 내려놓는다
참으로 오랜 날들 어딜 다녀왔던가
햇살은 어깰 싸안고 귀엣말을 자꾸 외고.

저 물은 왜 바보같이 괜히 글썽이는지
세월 밖 나가 앉아 세월을 드릴 날도
잠이 든 구름에 얹혀 찌나 되면 될 일이지.

친구여 내 안부는 아주 묻지도 않는가
못 가에 엎딘 풀꽃 그 연한 목덜미에
오늘도 부끄런 바람이 혼자 지쳐 잠들었다.

빈 콜라병과 바다

누군가 버린 빈 콜라병 하나
뒤뚱거리고 있다
절룩거리고 있다
세상이 문 닫는 시간 혼자 파도와 싸우며.

이미 흔들림도 잊은 흔들림으로
이·러·는·게·아·닌·데
이·런·것·은·아·닌·데
중년의 답답한 바다, 정체 모를 어둠은 오고.

백색의 시

마취제로 가득한 방
형광 불빛을 마시며
은박지보다 창백한
한 줄 시를 써야지
시가 날 구원하리란
그 모순을 즐기며.

목련꽃 환한 봄밤
비린내가 확 풍기면
잠 못 드는 피아노
자꾸 더듬거릴 때
닿으면 사그라지는
꽃 한 송이 올려야지.

다짐

반쯤 썩은 육신
반쯤 속아 주자
더러 체념하며
이제 잊어 주자
지금껏 견뎌 왔던 만큼
무거움을 비우자.

어둑한 이 골목길
뒤돌아보지 말자
이제 이별만큼은
이별할 줄 알며 가자
가끔씩 따끈따끈한
한 줄 시나 외며 가자.

엄마가 찍은 사진

신나게 웃고 있네, 참 좋았던가 보지
아빠가 무슨 우스갯소리라도 하시던?
등뒤로 무너지는 초록이 무섭지는 않았니?

비누방울 같은 노래라도 띄웠음직 했겠구나
다음엔 네 배낭에 리코더도 잊지 마라
풀꽃과 나비 데불고 산을 이어 가자꾸나.

넌 벌써 이만큼 커 아빨 많이 닮았구나
다시 길은 갈라지고 너도 그땐 가야겠지
행복은 열심히 사는 곳에 기다리는 중이란다.

외가

고물 라디오의 삿갓 영감 방랑기와
외할배 기침 소리 곰방대 터는 놋쇠 소리
풀 먹인 광목의 흰 날 펄럭이던 하늘 폭.

시주승 반야경에 연방 손을 비비시며
끝까지 따라 외던 외할매 잔 근심들
달빛은 백설기처럼 버선발에 쌓였었다.

마지막 뵙고 오던 어느 가을 산모롱이
고장난 달구지처럼 넘어가던 저녁 노을
그날 그 탱자 울타리에 외가집은 아직 있다.

산문(山門)을 위한 시

후두둑 햇살이 떨어지는 산허리에
우주가 추락하는 청명(淸明)이란 비명 소리
가만히 마음 달래면 계절이 끌리는 소리.

하늘 한 폭 베어 물고 말이 없는 긴 이야기
너는 또 내게 와서 산을 하나 내려놓고
저만치 일어나 앉아 그 눈빛을 덜어주고.

어디고 돌아갈 곳은 풀빛 향수 깊은 골짝
더러는 내가 나를 불러보는 메아리에
가다가 뻐꾸기 울어 가만 끌어 세우던 곳.

속옷을 파고드는 흙냄새며 빈 가슴엔
그 어느 왕조의 뜰 궁전처럼 선 은행
스님은 산문을 열고 어디론가 가고 없고……

청솔 사이 익는 머루 하늘 지킨 순한 짐승
가진 것 던져두고 빛난 것 벗어 두고
구름과 바람 더불어 산도 짐을 풀었다.

수박 아지매

집 앞 노점상 수박 파는 아지매
수박 한 통 들고 바삐 배달 가나 보다
어깨를 반쯤 늘이고 입도 반만 앙 물었다.

와따, 그 수박 참 크기도 되게 크다
와따, 저 궁뎅이 떨어질까 겁난다
아지매 몸뻬 바람이 골목길을 훑고 간다.

잔설

키 작은 봄바람이
그늘 속에 숨었는지

잠자리 댓잎 몇 장
가 르 르 몸을 떨고

맞은편 예배당 계단
어린 신부가 눈부시다.

기법의 혁신과 시조의 정체성

전정구

문학평론가 · 전북대 교수

1.

　전병희는 생에 대한 새로운 인식을 일깨우기 위해 단아한 감정의 표현과 어울리는 전통장르의 압력을 극복한 시인이다. 엄격한 정형으로부터 벗어나려는 몸부림이 여실히 반영되어 있는 그의 작품들은 감정의 표현방식이나 정서의 처리가 파격적인 것은 물론이고 언어사용과 시행의 구성에서 시조라는 문학 양식이 요구하는 규범을 철저히 깨뜨린 실험정신을 보여준다. 사우디 모래벌판의 체험이 말해주듯 정신적 방랑의 모티프가 인상적인 그것들은 자신이 살아온 이력만큼이나 특이하고 정상을 벗어나 있다. 뿐만 아니라 현대적 색채가 짙고 인간의 내면세계에 육박해 가는 특징을 보여주며 산업사회의 도시적 삶이 불러일으키는 욕망과 고전적인 시형식이 아주 낯선 모습으로 해후한 느낌으로 다가온다.

"산수유 팝콘처럼 터지고/ 뻥이요 세상이 터지고"(「채광」)나, "풀 먹인 광목의 흰 날 펄럭이던 하늘 폭/ 고장난 달구지처럼 넘어가던 저녁 노을"(「외가」)의 구절이 보여주듯 사물을 관찰하고 그것을 표현하는 수사법이 전통시조의 그것과 다르다. 하루 종일 내리는 비를 보고 "우라질 비만" "자작자작 지글지글/ 우산 위에서 끓고/ 가끔씩 플라타너스 아래/ 똥! 똥! 하고 떨어진다."(「괜찮아 비」)라고 표현한 것처럼 사물의 형상을 창조하는 참신한 감각을 바탕으로 그는 신선한 언어와 대담한 비유를 사용하면서 자신의 독특한 감정과 태도를 통해 개인 체험을 특유의 방식으로 시적 소재에 투사한다.

관찰된 사물 속에 개인 체험을 확대하는 뚜렷한 자각이 뒷받침되어 있는 대부분의 작품에는 감각적인 언어로 그것을 어떻게 표현할 수 있는가에 대한 관심이 나타나 있다. 특히 직접 내비치지 않는 감정의 숨김으로 인하여 그의 표현은 복잡하고 미묘하게 압축되어 있는데, 상당수의 작품에서 연상이 짙지 않은 낱말들을 선택하여 자기감정의 등가물로 활용하는 현대적 감각을 보여준다.

어둠이 내린 도시골목의 겨울밤 풍경을 그린 「이 어둠 속에는」이라는 작품에 이러한 특성이 잘 나타나 있다.

2.

　시적 정서의 진행과 관련된 현장의 사물들이 단조로운 내용을 지시하고 있음에도 불구하고 도시 뒷골목의 밤 풍경과 그곳에 질퍽이는 삶의 둥지를 내린 인간의 내면 심리를 치밀하게 암시해낸다. 겨울비와 불빛, 오그라붙고 바스러진 단풍잎과 국화송이 그리고 팅팅 불은 하수구의 밥알들은 "치욕과 몸부림과/ 질퍽이는 시간"(「저승의 거울」)이 연속되는 도시적 삶의 모습을 형상화한 것이다. 그 사물들은 표현논리 이전의 직관에서 분출된 것들인데, 산업화된 현대도시에서 시달리는 도시인의 정신상황을 비춰주는 거울의 역할을 수행한다.

　겨울비
　단풍잎
　오그라붙은
　바스러진
　불빛
　국화송이

옆집 개
껑껑대는
하수구
철망을 잡고
밥알들
팅팅 불은

―「이 어둠 속에는」

초겨울 도시 뒷골목의 저녁풍경은 어수선하고 을씨년
스럽다. 그러한 풍경을 조성하는 것은 옆집 개가 껑껑거
리는 그곳에 아무렇게나 널려있는 사물들이다. 그 사물
들이 그곳 사람들의 그로테스크한 정신적 분위기를 미메
시스하는 기능을 수행하는데, 무작위로 나열된 듯한 어
순이나 문장의 배열에서 시적 의미의 효과를 빚어내는
첨단기법이 등장한다. 정상적인 의미생성 기능을 끊어버
린 듯한 이와 같은 기법은 인간 내면에 깊숙이 자리잡은
자의식의 심연을 그려내는데 제격이다. 겉보기와 달리
무질서 속의 질서를 형성하면서 불규칙하고 불연속적인
인간의 심리상황을 떠올리게 만드는 것은 일관된 메시지
전달을 방해하는 불규칙한 언어배열과 시행구성이다. 활
기 있고 발랄하며 극적인 긴장감을 조성하는데 효과적인
그의 시조작품의 마스크 뒤에는 항시 현대적인 기법이
숨쉬고 있다. 이것이 시의 구성에 탄력과 밀도를 부여하

는 비결이다. 난해성이 부가되는 결함이 있지만 그것은
전통시조와 그의 작품을 판이하게 다른 모습으로 태어나
게 하면서 인간 의식의 내부로 파들어 가는 표현효과를
보장한다. 자연의 아름다움을 살아 움직이는 조형 감각
으로 포착한 「아무도 모르는 애인」에서 순수한 자아감각
의 비중을 높인 자연풍경 묘사는 깊이 숨어 있는 인간의
내면정서와 직통으로 연결된다.

　　박살난 유리병 위
　　눈부신 햇살들과

　　빼앗긴 기억처럼
　　멍청히 선 가로등과

　　언덕엔 루우즈를 바른
　　꽃나무와 또 수평(水平)과……

—「아무도 모르는 애인」

　눈부신 햇살과 가로등과 언덕의 꽃나무와 수평 등이
아무도 모르는 애인이다. 외부 자연의 모습에서 발견한
그것들은 "박살난 유리병" 위에 비친 햇살이고 "빼앗긴
기억"처럼 멍청히 서 있는 가로등이고 "루우즈를 바른"
꽃나무로서 원래의 그것들과 다른 이미지를 불러온다.

상상력과 정서의 원천을 이루는 것이 삶의 현실 한 복판에 놓여 있는 시인의 내면의식이기 때문에 순간의 의식 속에 스쳐 지나가는 자연 풍경이 낯선 모습으로 재탄생되는 것이 당연하다. 전병희는 내면의식을 비춰내는 감정의 등가물에 해당하는 사물들을 끌어들여 직접 드러내지 않는 자신의 감정을 전달하는 매개물로 그것들을 이용한다. "봄날이 절뚝거리며/ 목발을 짚고 온다.// 와장창 엉망진창이/ 휠체어를 타고 온다"(「봄의 목발」)의 경우 "金治에 말아먹은 갱제"로 고통받는 이 땅의 현실에 대한 시인의 감정을 매개하는 사물은 목발과 휠체어이다. "북엔 기근이 들고/ 남엔 문민이 들었다/ 권리는 비껴 가고/ 의무는 늘 날아들었다"(「사초(史草)」)에서 '의무와 권리', 그리고 '문민과 기근'이라는 관념적이고 추상적인 표현대상들이 남과 북의 현실을 풍자하면서 현실비판적인 시인의 감정을 충분히 암시해 준다. 특히 그는 대부분의 작품에서 감정의 과잉을 한치도 용납하지 않는 엄격함을 보여준다. 언어 다루는 솜씨가 빚어낸 절도 있는 감정표현의 인상적인 예는, "나비가 찾아 왔다/ 어머니 손바닥에 머물다/ 슬프게/ 사 라 졌 다."(「別·1」)를 비롯하여 「別·2」과 「그리운 나의 아버지」 등이다. 바로 이러한 점이 보다 심각한 생의 의의를 냉정하게 관찰하려는 그의 작업에 공감대를 형성하는 요인이다. 「빈 콜라병과 바다」를 살펴보기로 하자.

누군가 버린 빈 콜라병 하나
뒤뚱거리고 있다
절룩거리고 있다
세상이 문 닫는 시간 혼자 파도와 싸우며.

이미 흔들림도 잊은 흔들림으로
이·러·는·게·아·닌·데
이·런·것·은·아·닌·데
중년의 답답한 바다, 정체 모를 어둠은 오고.
─「빈 콜라병과 바다」

　　시인은 누군가 바다에 내다버린 빈 콜라병을 실제의
인생을 모사하는 대상으로 부각시켜서 각각의 인간존재
가 처한 현실상황을 뭉뚱그려 형상화하고 있다. 정체 모
를 어둠이 깔린 바다 위에서 뒤뚱거리고 절룩거리며 "세
상이 문 닫는 시간 혼자 파도"와 싸우는 것은 빈 콜라병
이 아니라 바로 우리 자신임을 깨우쳐 준다. 누군가에 의
해 버려진 존재로서의 소외와 고독을 느끼며, 바다의 모
습과도 같이 막막한 사회 속에서 "이·러·는·게·아·
닌·데, 이·런·것·은·아·닌·데"라면서 중년의 답
답한 현실을 "이미 흔들림도 잊은 흔들림으로" 견뎌내는
현대인의 모습이 바로 파도에 밀려다니는 빈 콜라병의
모습과 일치한다. 아주 작은 일상의 체험에서 인생의 복

잡하고 본질적인 그 무엇을 성찰하는 날카로움이 이 작품에 나타나 있는데, 그것이 말해주듯 우리 자신의 모습을 어떻게 파악할 것이냐에 관해서 전병희 만큼 강렬하게 돌진해간 시인도 드물다.

혼자 파도와 싸우며 방향과 목표도 없이 떠도는 빈 콜라병 그 자체가 삶의 형식과 일치한다는 사실을 강조한 「빈 콜라병과 바다」가 말해주듯, 그는 일상생활에 널려 있는 평범한 것들을 매혹적인 소재로 만드는 재능을 지니고 있다. 그리고 함축과 암시가 뛰어난 표현기법과 언어를 능란하게 다루는 솜씨는 물론이고, 복잡한 사회현실에서 솟아난 감수성을 바탕으로 전통적인 정형양식을 쇄신하려는 야심찬 기획을 보여준다. 그 기획에 현대적인 속성을 부여한 것은, 판에 박힌 언어사용을 뿌리치고 자기체험의 중요성을 일깨운 점이다. 일상생활에서 항상 부딪히는 사적 경험이 언어의 근거가 되기보다는 언어의 규제를 받으면서 그것이 형성되는 과정을 보여준 「주문으로 오는 봄」이 그것을 확인시켜 준다.

쿡쿡 등어리엔 신경통이 도지고,

봄은 고양이로다
봄은 고약이로다
봄은 고쟁이로다

봄은 고장이로다
봄은 고자이로다
봄은 고민이로다
봄은 고름이로다
고로 지랄이로다

진종일 쥐떼가 달리는
뇌 속에는
쥐틀을 놓자.

은밀히 청진기를 대고
여린 잎을 듣고 있는,

봄은 최면이로다
봄은 치매이로다

저기 저 가사 상태의 목련
안락사를 시키자.

―「주문으로 오는 봄」

   시조의 주변을 맴돌면서 그가 씨름한 문제는 시적 언
어에 관한 현대적인 인식에 관한 것이다. 미래의 새로운
시조문학을 발견하는 경로로서 그의 작품이 지니는 중요

성이 바로 여기에 있는데, 그것은 언어의 가능성에 의해 이 세계가 제한되며 세계에 의미를 부여하는 방식으로서의 언어는 시인 자신을 드러내는 유일한 수단이라는 점이다. 그렇기 때문에 시인의 자아는 언어의 산물로 이해될 수 있고 언어의 의미는 삶의 형식과 불가분의 관계를 갖는다. 따라서 시적 의미는 특정대상과의 결합에 의해 주어지는 것이 아니라 사용되는 방식으로부터 주어진다는 믿음을 반영한 이 작품은 충분히 주목될 필요가 있다. 그 이유는 기법의 탁월성이나 파격의 미 때문이 아니라, 다루고 있는 주제들이 현대인이라면 어느 누구도 도외시할 수 없는 그런 성질의 것이기 때문이다. 「주문으로 오는 봄」이 확인시켜준 것처럼, 그의 시조 쓰기 작업은 형식뿐만이 아니라 내용 모두에서 전통장르의 표준에 대한 결연한 반대를 표명한 것이고, 동시에 현재 직면한 기성 시조 문학의 위기를 반영하고 있다.

3.

　시조문학은 봉건시대의 사대부 문학, 혹은 음풍농월의 유한문학이라는 부정적 평가에도 불구하고 근대 자유시의 산만한 형식에 대한 안티테제로서 그 역할을 훌륭히 수행해 왔다. 도시화와 산업화의 충격 속에서 시조의 정체성이 의문시되는 시대에 접어든 지금도 그것은 근대 서정양식의 주도권을 확보한 자유시와의 경쟁에서 질긴 생명력을 과시하며 민족 전통문학으로서의 자기 위치를 스스로 확보해 왔다. 복잡해진 현대 도시의 삶에 알맞은 형태의 다양화, 제재영역의 확대, 풍부한 표현기법의 개발에 밀려 조선민족 고유의 품격과 향기를 잃어버린 측면이 있지만 현재까지 보전된 유일한 정형시 양식이 바로 시조이다.

최남선의 말을 빌리지 않더라도 시조는 조선인 조선심 조선어 조선음률을 통하여 표현된 필연적 양식이자 조선민족의 독특한 산물임에 틀림없다. 그러나 형식과 깊이 관련되어 있는 공식적인 표현의 애호와 세계를 질서 있는 전체로서 기술하려는 사변적인 태도, 그리고 감각보다 정신에 호소하는 경향을 답습한 시조문학은, 세속적 정서나 일상적 감정을 표현하기에는 부적합한 장르로 인식되면서 밀려나는 추세이다. 농경문화적 삶으로부터 도시문명적 삶으로 이동하면서 재래의 기법을 버리고 현실적 삶의 모순과 불만을 노래한 전병희의 시조작품은 이러한 추세에 대한 거부의사를 표명한 것이다. 삶의 훼손이 지속되는 고통을 견뎌내는 문제로 집약되는 그의 시조 쓰기는 「서울 편지」, 「도적」, 「눈」 등의 작품이 말해주듯, 대중감각과 거리를 유지하고 정제된 시형식을 추구함으로써 옛 시조의 자양분을 흡수하고 있다. 그러나

대부분의 작품에서 전통리듬과 한국적 정서의 흔적을 발견하기가 쉽지 않고 너무 급진적인 변화를 추구하고 있다. 첨단기법으로 무장된 그의 시조작품들은 상당 부분 그것의 정체성이 의문시된다.

자연스러운 시조 쓰기의 과정 속에서 진행되는 전통장르에 대한 모험적인 반란이 성공을 거두기 위한 관건은 시조문단 전체의 폭넓은 승인과 지지를 끌어내는 일이다. 시조가 아닌 새로운 양식 창조의 딜레마는 최남선이 지적한바, "회화적이기보다는 음악적인 민족성"에 관한 문제로 요약된다. "조선인의 시가는 의미중심이 아니라 곡조중심으로 발전할 수밖에 없다"는 그의 인식 모두가 옳은 것은 아니지만, 조선인을 힘있게 묶어줄 민족예술 형식의 재발견의 핵심에는 '곡조중심의 음악성'이 자리잡고 있다. 바로 이 점이 언어사용의 특수성과 구성의 기법에서 고시조 창작방법을 답습하게 만든 원인이 되었고, 현대의 많은 작가들이 시조시형의 개혁에 두려움을 느껴왔던 문제이다. 조선사람의 생명을 조선말로 표현하기에 알맞은 조직형태이며, 조선인다운 조선말에 들어맞는 형식인 시조양식을 현대화하기 위한 작업의 중심에는 민족적인 음악성을 살려내는 문제가 가로놓여 있다.

전병희 연보

1953년　대구 출생.

1972년　대구 계성고등학교 졸업. 시동인 <근일점 문학동인회>
　　　　결성, 시작 공부.

1979년　한양대학교 재료공학과 졸업.

1981~92년　LG상사 근무(1987~92년 사우디 제다 지사).

1987년　『조선일보』 신춘문예 시조 당선.

1991년　첫 작품집『꿈꾸는 황사』(토방) 간행.

1996년　『중앙일보』 시조대상 신인상 수상.

1999년　6인 시조집『갈잎 흔드는 여섯 악장 칸타타』(창작과비평
　　　　사) 간행.